몇 개의 그림이 지나가는

이 도서의 국립중앙도서관 출판예정도서목록(CIP)은
서지정보유통지원시스템 홈페이지(http://seoji.nl.go.kr)와
국가자료종합목록 구축시스템(http://kolis-net.nl.go.kr)에서
이용하실 수 있습니다. (CIP제어번호 : CIP2020041559)

몇 개의 그림이 지나가는

박현태 시집

토담미디어

사람의 추억이
미래의 기억이 되더라

침묵이 금이라
다만
즐김에는 여유가 있더라

자못, 간고하지 않으면 까탈이 줄어들더라

일상을 환상에 접목해보는 것
살이의 위안이자 존재의 확인이 되기도 하고

말하면서 감추고
감추면서 말하는 유모어
여유놀이에 푹 빠져보는 재미가 있더라.

차례

1부

1부

그 강의 새벽에

잠을 깨는 안개들이
하얀 발목에 실루엣으로 감기는
푸른 물빛을
해감아 오르면서
젖은 날개를 털어내고 있다.

메아리

떠난 소리가 돌아오질 않아서
야~호~
되돌아오는
너를
메아리라 부른다.

부재의 공간으로

에메랄드 빛 창공에
물방울만한 달이
대롱하게 떴다
우리 함께 동글동글 웃고 논다

나는
창을 열어둔 채 선잠 들었고
달은 서쪽으로 가시고
공간 혼자 남았다.

겨울 도시 바깥에

얼음 위에 달빛이 누워있다
물밑이 맨몸을 드러내며
감춰진 윤곽들을 선명히 밝힌다
바람은 한 걸음도 가지 못한다

신비하다
진실은 무엇의 것이던 정직하다
늙은 섬 하나가
세상 가운데를 기어 나와
겨울 도시 바깥을 부유하고 있다.

가을 깊은 밤

별들만 반짝이네
나무인들 몸살 나지 않겠느냐
바람을 붙들고 매달리지 않느냐
저들 숲속의 외로움 때문에
나는 잠들지 못하네.

봄비

잠 깨는
아기 눈에
그렁그렁
눈물 같다

톡 톡
새 소리로
내린다.

마음놀이

거짓말하고 싶다
자신을 속이지 아니하고 출세한 사람
허풍 없는 작가
재치 못 부리는 시인은 없다
허파에는 수시로 들뜬 바람이 분다

오늘 딱 한 번
모진 세월과의 경주에서 내가 이겼다.

설화가 만발하네

밤 마실 가는데 눈이 내리네
하얀 고요가 앞서 가고
까만 적막이
뒷짐 지고 따라 오네
우리 동내 울창한 아파트 숲에
광폭의 설화가 만국기로 펄럭이네
하늘이 지상에로 쏟아지며 피고 있네.

쟤들 좀 봐

미니스커트를 입은
새파란 종아리들
참
야들하다

들었다 놓았다 하는
봄바람

눈 둘 데가 없어 두리번
두리번 하는 사이에
후다닥
봄날은 간다.

노스탤지어

고향을 저버린 인간이 향수병을 앓는다
세월이 갈수록 더욱 간절해지는
내 불치의 속병
그 땅내 맡고 싶다
그 밤빛 보고 싶다
그 햇볕 쬐고 싶다

신혼 방을 밀고 든 보름달을 품었더니
불룩해진 아내의 배가
아들 둘을 낳아 준
그곳에 살다 사라지고 싶다.

존재에 대하여

천년 묵은 고목의 귓가를 맴도는 하루살이

'에에앵, 이 멍충아
하루를 살아도 나처럼 살아라.'

그러거나 말거나 나무의 존재는 자기 자유다.

길에서

걸으며 자랐고 떠돌면서 컸다
세상이 길이었으며
길이 인생이었다.

달 달 고운 달

참
곱다
그 달 같다
삼양동 옥탑방 쪽마루를 하염없이 비춰주던
그때
그 달 같다
그렁그렁
눈물이 나려 한다.

새처럼

창틈 달빛에
빤히 얼굴을 갖다 댔더니

마음이
새의 연인처럼 수줍어 한다.

어둠 속으로 온다

고양이 한 마리 온다
살금살금 발을 들고 온다
굽은 골목을 기어 나오듯 온다
적막에 소름을 돋게 하면서 온다
한 토막의 잠시가 어둠 속으로 온다

그 밤에
혼자 피는 꽃이
좀 더 까매지면서 온다.

노을 무렵

바다에 노을이 내린다

늙은 어부가
뱃머리를 돌려
포구로 돌아온다
어미 품에 안기듯 기항한다

젖은 다리가
천천히 뭍을 밟는다
굽은 등에
노을빛 걸치고
넉넉하게 걸어서
집에 간다.

풍경 하나

꽃잎에 달빛이 맺혀 함께 핀다
사춘기 소녀의 순정이듯 뽀얗다

고요한
풍경 하나
봄밤 지킨다.

젖다

넓은 들판 한 가운데 섬이듯
웅크린 둥근 숲이
비 맞은 황소처럼 우네
물먹는 대지의 공명이 부르르
지축을 울리네
빗방울
차츰 굵어지네.

바람의 말

풍문에 의하면
처녀가 애를 낳았다 한다
에이 뜬소문이겠지
처녀가 어떻게 애기를 낳아
사람들은 믿는 이도 있고
믿지 않는 이도 있더라

바람의 말은
듣는 사람 마음대로다

움직이는 만큼 보이고
보는 만큼 배우고
배움만큼 알고
아는 만큼 깨닫고
그럴 수도 있겠네.

촛불

달무리를
두른
불꽃의
미소가
부다 같아요.

꽃을 두고

더
가까이
더 자세히
더 많이 보려고
머리맡에 꽃 두고

시드는
꽃잎을
애타 하면서
사랑도
욕심임을 깨닫네.

고운 날

비 그친다
구름 몇 점이 젖은 날개를 말리느라
헛꿈처럼 떠다닌다
저들 참 편하겠다

초록 울타리에 바짝 붙어서는 풍경들
은빛 그물을 던지는 봄볕
가닥을 잡고 튀어 오르는 바람들

태을봉과 관모봉 사이로
시퍼런 고래등이 출렁 출렁거린다

오후 내내
양반 다리 꼬고 앉아 고즈넉하다
세월 참 곱다.

그들의 그때 같이

초록잎이 손거울 같아서
외눈으로 빼꼼 들여다보는데
낯선 얼굴이 생글거린다
나이를 어디로 먹었는지
고사리 같은 동심이 쪼그리고 앉아
부신 눈알을 깜박이고 있다
어렵사리 새초로운 표정이다
돌아 볼 수 있는 우리들의
그때
모습들이 생글거린다.

비 내리는 날 오후

시가 내린다
아주 조신하게 톡톡 톡 두드린다
너무 심심해 적요한 그날 오후
우유색으로 어슬렁이는 그리움 속으로
가늘고 길다랗게 비 오고 있다
일 없는 하루를 견뎌내야 하는 더운 여름 날
등 대고 누워서 보는 천장이 하늘보다 멀어서
가물가물 선잠 들라하는데
비 내린다
머뭇거리는 오후의 등뼈에 흐르는 여울 소리로
찰랑찰랑 시 한 줄 흐른다.

깨 볶는 날

사랑하고 싶은 날 깨를 볶습니다
외로움이 짜낸 방울방울 참 꼬숩네요

그리움에 목 타는 날 참깨 볶습니다
긴 기다림들
다글다글
노랗게 볶아서
애가 다 녹도록 기름을 짭니다.

해동 무렵

마당 가운데 푸른 고무호스가 꿈틀꿈틀 비틀기에
수도꼭지를 틀어주자 다물었던 주둥이를 찢어지게 벌리고
싯퍼런 물줄기를 따발총처럼 토하면서
나무 울타리 곁으로 무자수듯 엉금엉금 기어간다
새파래지는 뱀 꼬리에 달라붙은 봄볕이 촐랑촐랑 한다.

티브이로 보는 바이칼호

지상에 퍼질러 앉은
한 물이 찰랑 찰랑하네요
어디든 가고 싶나 봐요

물속에 든 하늘이 발버둥 치네요
몸담은 호수가 비조로운가 봐요

몸살 난 물살들이 앉다가 서다가
뛰어나가 봤자 지상이라는 걸 아나 봐요

은근히 돌아다니는 달빛 그늘 두어 개가
호수 속을 노니는 백곰같이
참 살갑네요.

우동수于筒水 곁에서

그리움 한 움큼 보듬으려 하는데
파란 눈 깜박이며 말갛게 쳐다보는
깊은 산 속 옹달샘.

꽃구경

꽃 피더니 흐드러진다
정오의 손목을 잡고
오전과 오후가 줄다리기하는데
봄은 세월 편이고 시절은 세상 편이다
누구 편도 들지 못하는 사람들 여럿이
꽃구경한다.

때라는 것이

사랑은요
애달플 필요가 없어요
때 되면 홀홀 떠나주거든요

인생은요
후회할 여유가 없어요
살아 갈수록 빠듯해지거든요

꿈꿈은요
애타할 이유가 없어요
늙어 갈수록 개꿈이 되거든요

인생 막차는요
표 없이도
누구나 태워준다 하대요.

대설부待雪賦

내 생에 수십 번 겨울이 오고
그때마다 눈이 내렸고
올해도 눈을 기다린다

네가
그립다.

길을 묻다

밤차 타고
산 너머
강나루
동트는 마을

잠 깨는
고향 들길에
첫발을 떼라 하네.

사투리

사투리는
말씀의 고향이다.

까맣게 오시는 밤비

밤비가 중얼중얼 내린다
먹구름 앓는 소리가 산을 끌고 온다
흥건해지는 적막함이 소태맛이다

개울을 건너는 엄마의 검정 고무신
허기진 거품 소리가 질퍽질퍽 한다
산다는 건
날마다 조금씩 잊히는 것이다.

단시 몇 수

1. 바다

섬들을
품에 품은 큰 물.

2. 부부

한 생의 희로애락을
해로하는 배필.

3. 산과 들

등 뒤에서 지켜주시는 아버지
사시사철 보듬어주시는 어머니.

사랑의 미로

눈 코 귀 입은 창이다
코와 귀는 열린 창이고
입과 눈은 여닫는 창이고
성기와 변기는 비밀의 창이다

마음의 창은 사랑의 미로다.

삶이 아픈 이유

산책이 심심하여 가로수 가지들 무심히 본다
한 이불 속에서 부스럭이며 자라는 형제 같다
심심해서 가지 하나를 꺾었다

아뿔싸 나무인들 아프지 않는 손가락이 있겠냐
며칠을 앓다가 몰래 처럼 가봤더니
낯선 상처 하나가 빼꼼 쳐다본다.

벌침 쏘인 심장

네 몸엔
아린 옹이가 생겼고

내 속엔
피멍울이 반점으로 번진다.

동면을 위한 위안

잎 진다
가지들 동면을 준비하느라 서두르고 있다
누가 겨울나기가 두렵지 않겠느냐

새는 너무 먹지 않는다
무거워진 몸은 날지 못함을 아는 탓이다

나비는 고치 속으로 들었고
도토리는 이미 동이 나버렸다

지금껏 먹기만 해온 나이를 뱉어내려 한다
세월에게 지기만 했는데 이겨보려 한다.

달빛이 드나드는 창

머리맡
산세비에리아를 반눈 뜨고 엿본다
달빛이 서너 번 쓰다듬더니 꽃 핀다
태아처럼 누워
들락이는 꽃향을 위해
콧구멍의 빗장을 열어둔다
달빛도 함께 들락인다.

우리를 그리 하는 것

우리가 잊어버리는 것이 그들뿐이랴
우리가 잃어버리는 것이 그것뿐이랴
우리가 놓쳐버리는 것이 그깟 뿐이랴
우리가 슬퍼하는 것이 그 탓뿐이랴
우리가 기뻐하는 것이 그닥 뿐이랴
우리가 사랑하는 것이 고작뿐이랴
우리가 어려워하는 것이 그점 뿐이랴.

허기

긴 —
밤의
허기를 채우려 골목을 걷는데
별똥별이
사선을 그으며 떨어진다

외로운 영혼 같다
삶이 허공이다.

손

주먹은 미움이요 손바닥은 사랑이다
엄마 손은 약손이고 아빠 손은 체통이다
마음이 손이다.

겨울밤 서정

언 바람이 늑대처럼 운다
요 며칠 일기예보를 들을 때마다
혹시나 눈이 올라나
설레며 기웃거리는 자정 쯤
누가 세상을 뜨는지
겨울비 내린다

목숨이란 살아있을 때만 아프다.

꽃길을 걸으며

봄에게 바람잡이가 되기도
햇볕에게
머리채를 잡히기도

사람의 하루를
꽃들과 논다.

운명 같은 거

모래시계는
온갖 수작을 다 걸어도
갈 때 까지 간다
운명이란 그런 것이다.

가을로 가는 강

가을 강물에 황혼이 올라타고
바람을 재우며 가네

이토록
쓸쓸함에
누가 시인이 아닐 수 있겠나.

달빛 밟기

달빛과 함께 걷네
어디 까지 가는지 묻지도
뭣 하려 가는지 따지지도 않네
어깨를 끼고 이인삼각 보폭으로
그리움이 앞서고 외로움이 따라오네.

단오 정오

단오 산제에 오시를 치는 동종이
탱글탱글 운다
소리의 맥놀이가 대웅전 서까래를 걸머지고
불사를 치르느라 구슬땀을 흘린다

산 아래 속세는
마스크로 틀어막은 입술을 어금니로 다물고
살고 먹고, 먹고 살고에 비지땀을 흘린다.

눈 내리는 밤

눈이 내리네
한 송이
무게에도 어깨가 기우네

부화를 기다리던 꿈들이
부스럭거리네

바람이 청춘의 살갗 같기도
이팝꽃 향기 같기도

나는
왜
글피 쯤 태어나지 못했을까를
턱 들고 따져보네.

바람 좋은 날

좋다
참 좋다
너무 좋다
다 늦은 가을
건들건들 건들바람이
가벼워서
좋다

강물 속 석양빛 적포도주 색이다
곱게 익는 노년의 인생 같다.

길 위에서 졸다

늘어진 봄볕이 길 위에서 하품하네요
나도 졸립네요

직진으로 가야하는 신호등 앞에서
더부룩해지는 바람의 털

축 처진 다리를 두어 번 휘적거렸더니
깜박 지나가버리는
정오의 봄.

돌꽃 피었네

제주도 하르방 얼굴에
꽃 피네

화사하게 번지는 매화꽃 같네
돌에도 꽃필 날 있네

살갑게 부비는 소금바람이
짭짤한 버즘꽃 피우네.

앉아서 하는 추억여행

아내와 나는 티브이 속
'걸어서 세계 속으로'를 본다

둘이 나란히 앉아
지상의 언덕 위를 따로 따로 본다
각각이 무슨 꿈을 꾸는지 묻지 않는다

경계가 무너진
세상의 저편
추억이 멈칫거리는 신혼의 그때를
놀랍게 본다.

운수 좋은 날

행운은 반드시 착한 사람에게만 오는 건 아니다
이것을 깨닫는 데는 오랜 시간이 걸렸다
버스를 타는데 젊은 사람이 후다닥 일어나
자리를 내준다
세상 사는 재미가 쏠쏠하다

오늘 떡은 고명이 큰 날
옷과 나이와 태도는 삶의 날개다
더럽히지 않도록 살아야 겠다.

황혼에 걸터앉아

해 감아 올린다
저문 빛 내리는 창가에 앉아
다섯 발가락을 차례로 꼬물거려 본다

인생도
이따금 헛발질을 해야
겉멋이라도 더는 법

세월에 장사 없다는 말.

그들이 그렇게 오네

겨울이 온다 하더니
하늘이 살얼음 같아지네

날선 바람이
창틈을 기웃거리네

털갈이하는 숲
밤새도록 부스럭거리네

지나가는 세월이 떨어트린 날들이
휴지처럼 나부끼네.

새는 자욱을 남기지 않는다

깃 하나
창공을 건너고 있다

새는 발자욱도 남기지 않고
말갛게 하늘만 남았다.

연등

비 오는 밤
꽃 한 송이 도시의 밤을 지키고 있다

세속에 초연해지는 자태
각을 지운 분홍 잎들이 부드럽다

젖어도 젖지 않는 자태
참으로 고결하다.

만추로 가는 길

하늘이 하루 사이 더 높아졌네
늦게 핀 꽃들이 더 깊이 고개를 숙이네

우리의 첫 만남 시월 하순이었지
오후의 볕이
지중해에서 막 따온 오렌지만큼 노래지는

무서리 맞는 조선무우 대가리가 좀 더
빳빳할 수 있을지 또는
얼어서 터질지

오만 잡생각이 하루 내내 설레발치네.

봄마중

봄이
언제
어디 쯤
오시나 하고
산으로
들로
날마다
마중 나간다

문턱이 빤질빤질해진다.

가을비 오는 밤

밤비 오네
비릿함이 설레발을 치네
광막한 천지에 떠나고 싶네
반지 낀 약지 손가락이 자꾸 아리네
발톱에 시커먼 물이 배도록 쏴돌고 싶네
비 젖은 신문지처럼 너덜너덜 터지고 싶네
완전한 자유로 나뒹굴고 싶네.

마음이란 것이

마음속에 마음이 그 안에 또 하나
더 있는지
마음아 하고 부를 때마다
저요 저요 한다

애들처럼 시끄럽고 재들처럼 번잡하다
그러므로 마음은 늙지 않는다 하나보다.

함박눈 쏟아지네

떡
찌는
시루째
하늘 솥
쏟아지네.

청죽을 키우며

귀때기가 소년 같다
자태가 쫑긋쫑긋 하다
수 년의 나이가 호리호리 하다
곧은 기품이 대쪽 같다
내 삶과는 사뭇 다르다.

2부

날아간 꿈

그 몸 찾으려
그 맘 가지려
그 색 그리려

죽자 사자 움켜쥔 손 안에
다 닳은 실금만 남았네.

향수의 집

이놈 저놈 그리워지는 건 늙는다는 것이다
밥은 굶을 수 있어도
옷을 안 입고는 못 산다
거리에서 잠을 자더라도
끼니는 때워야 산다
인생살이 의식주란 이런 것이다

청춘은 짧았고 노년은 아득하고 길다
바람만 불어도 외로워지는
향수네
셋집.

화창한 날에

아침 마다 턱수염을 깎으며
무성해지는 잔디를 연상한다
박토가 된 살갗인데도
잘 자라나는 게 신기하다

오늘은 봄나들이 가는 날
한층 새파래지는 턱을 들고 네 이름을 불러본다
행복아
부른다고 다 오는 건 아니지만 마음이 흡족하다

저들 보세요
산은 산대로 강은 강대로 푸르고 여유로운 날에
세상이 전부 화창하지 않나요.

고향 내음 코끝에 불다

오월
송홧가루 날리는 날
삼베 푸대 속에 쌀 한 말과 된장 한 움큼
고춧가루 한 자박 참기름 한 병 간장 한 종지를 똘똘히 챙긴
엄마의 사랑을 등짐으로 메고 백리 한재를 넘었지요

뻐꾸기도 울어쌓고
골짜기를 뛰어내리는 폭포 소리가 우렁찼습니다
중학생 다리도 점점 떨리면서 바위 모서리에 걸터앉아
양털 같은 구름이 지나가는 하늘에 웃겨주기도 했고
산꿩이 푸드득 너머 간 자리에 퍼질러 앉은 큰 산
입 다물고 웃는 반벙어리가 되기도 했지요
그립지요

옛 봄내가 묻은 바람이 코끝을 간질이고 있습니다.

야성의 시간

장대비 쏟아지는 밤을
까만
새처럼
하늘을 뚫고
내달리고 싶다.

하현달을 보며

두둥실 보름달 뜨네요
누나 앞에 놓인 털실 한 뭉치
밤마다 밤이 깊도록 한 올 한 올
내 세터를 뜨네요
그믐에 기우는 하현달처럼
두어 올 남았네요

더는 지지 말아라
달아
내 누님 같은 달아.

그리 그리 산다

벽시계 바늘에 시간이 매달려 간다
시계가 크다고 시간이 풍부한 건 아니다
똑딱 똑딱 똑딱 소리가 크다고 빨리 가는 건
더 아니다

청춘처럼 저들이 저렇게 가는데
내 무슨 수로 인생에 토를 달 수 있겠느냐.
그리 그리 살다보면 살아온 게 되겠지.

세태타령

뉴스를 보다가 입맛이 입에서 나가버린다
세상이 그럴지라도 산다는 것은 아름다운 일이다
우리네 삶은 지지고 볶고 데치고 삶고 두루치고
그래야만 맛이 들지 않느냐

무엇이 그토록 네 비위를 상하게 하느냐
네게 세상이 무엇을 어떻게 하면 되겠느냐
9시 뉴스가 끝나면 근심걱정 몽땅 잊어주겠느냐!

사랑이란

만물이
하나 되는
공감의
세계.

흐르는 것

먼 길 긴 세월을 건너 온
강이
허리띠를 졸라매고 뛰어내릴 준비를 한다
폭포가 가까운 모양이다

산을 돌고 들을 지내 온 한 생의 기백이
얼차려 자세로
절대 절벽 앞에서
몸을 조이고 맘을 다물어 호흡을 맞춘다
이제 낙하할 준비는 끝났다

물은
잠시
눈을 크게 뜨고 지상 인심을 살피고 있다

쏴 쏴 쏴
휘날리는 저들의 포효를 누가 어쩌랴

—

흐르는 것은 흐르는 그대로 두고

나는 나대로 가야 할 길을 가야 하느니.

우리 동네 디아스포라

1
동네 한 바퀴 돈다 어제도 그제도 돌았다
아마 내일도 돌 것이다
날마다 돌아서 몇 번이나 돌았는지 다 모른다

나는
우리 동네 디아스포라다.

2
길 건너 어린이 놀이터에
늘
쉬는 그네가 있다

이따금
나
혼자
흔들며 논다.

3

내 앞에 누가 간다

왼손에 작대기를 짚고

오른손에 검정 비닐봉지를 들었다

봉다리 뱃통이 제법 불룩하다

꾸부정한 어깨가 자주 출렁이며 뚜벅 뚜벅 걷는

발소리가 작대기 따라 딱 딱 딱

박자를 맞추고 있다

뒤따르는 바람 소리가 자박자박 한다.

4

늙은 삶은

가벼워서 좋다

잠드는 바람 같다

바람은 업어도 무겁지 않고

스쳐도 아프지 않고

먹어도 배부르지 않고

껴안아도 버겁지 않고
가도 가지 말라 붙들지 않고
가끔씩 시린 옆구리를 파고든다.

5
별빛이 그렁그렁 하다
푸른 눈물 같다
한길이 분주해지며 낯선 자들이 바삐
간다

도시는
언제나
타인들의 땅이다.

가을 산문散文

1
읽던 책을 얼굴에 얹고 자는 체 했더니
귀뚜라미 소리가 머리맡에 웁니다

향수鄕愁가 가랑잎처럼 차곡 차곡 차곡
쌓입니다

마음이 물속에 앉은 돌 같습니다.

2
세탁소에 보낼
여름옷 서너 벌 머리맡에 챙겨두고
반듯이 누운 등줄기로 바람 소리 듣습니다

일기예보가 빗나 갈 것 같네요
뼈마디 앓는 소리가 투두둑 후두둑
방안 구석구석 돌아다니네요.

3
소슬 바람이
밤 내내 걸레질하는 군요
저런들
세상의 얼룩이 쉽게 지워지겠나요
시간 외 바깥 풍경을 봅니다

구구한 소문들이 설레발을 치고
갈피 없는 잡념들이 골치 끝을 건드리며
잠을 설치게 하네요
한 통의 카톡도 없네요

친구가 된다는 것은 쉬운 일이 아니네요
우정도
가을을 타나 봐요

못 지킨 약속들이 후회되네요
무슨 재주로 줄기차게 살아왔는지

아득해지네요

겨울 시래기처럼 말라가는 몸뚱이에게
참 미안하다는 생각이 드네요
산다는 건 하나의 세계지요.

4
햇밤 굽는 냄새가 창틈을 기웃거리며
봉지 속 가을이 방안까지 굴러들어
토실토실해지네요

그래 오랜만이야
향수가 흡습지처럼 젖네요

한 줄
새떼가
긴 모가지를 빼물고 끼룩끼룩 가네요
사람의 마음이

북쪽 하늘 속으로 끌려가고 있네요.

5
초저녁을 스치던 실비의 젖은 소리들이
제 자리에서 잦아드네요
후다닥 가을 가고
동짓날 한밤에 생 무우 굵은 놈 콱 잡고 날 선 칼로
시퍼렇게 쓰윽쓰윽 썰어 볼태기가 붓도록 씹네요
드르륵 봉창 열고 총총해지는 별들을 보던 그때가
문득 그리워지면서
마른 목구멍에 화주 한 줄금 꿀컥 쏟아 부으면 좋겠네요
그렇더라도
까뜨린느 드뇌브의 우수 어린 눈동자 속 깊이 빠져서
잃어버린 사랑을 찾아오고 싶네요
인간의 도시가 덜컹 덜컹 소리 나게 문을 닫네요
그러거나 말거나 쭈욱 늘어지게 기지개를 켜보네요.

다시, 봄 눈

봄
눈
온다

철보다 늦게 와서
봄보다 먼저 진다

하얀
손뼉들이
반짝반짝 한다.

노인의 봄

해
뜰
때
잠시
파릇파릇 하다가
아침상을 물리면
이내
노곤노곤해진다

나이도 봄 타나 보다.

시를 쓰나요

요즘도 시를 쓰나요
나더러 밥 먹고 시 쓰고 더 무엇이 있는지
알려주시오

시는 쓰는 게 아니라 짓는 것
같이 한 술 뜨자고 밥 짓듯 짓는 것이오

시에 왕도가 있어도 따르지 않을 것이며
방정식이 있어도 풀지 않을 것이오
다만
시가 시일 것을 바랄뿐이오.

어느 개인 날

비
그친
집 뒤
다시 그 뒤

집과 길이 등과 배를 바짝 붙인다
몸 보다 마음이 더 젖는지 의문이다

오전 내내 한 번도 거르지 않는 1번 버스가
이제 막 지나 가는 도중에
빨간불이 켜진다

건강검진은 동네 병원이 더 친절하다는데
가볼까 말까

골목이 좀 더 비스듬한 오르막 편의점에서
아이스커피 두 잔을 연거푸 마신다

—

쨍쨍하다
오후
내내 개인 날.

꽃

참 곱다

고와서
꽃이라
부른다.

우산 속 명상

오늘은 비 오고 우산을 쓰고 거리를 나선다
한사코 내리는 비와 어쨌든 막는 우산이 나란히 간다
뜬금없이 생각한다
내 삶에 넓이가 얼마나 필요 할까 한 폭의 우산으로도
젖지 않을 수 있고
내 생의 줏대가 얼마나 꼿꼿해야 할까
플라스틱 우산대 하나로도 야무지게 세울 수 있는데
움직이는 만큼 보이고
보이는 만큼 배우고 배운 만큼 깨달아야 한다고 하는데
산다는 게 그런 것인가.

눈이 눈을 보다가

살갑게 들여다보다가 후딱 고개를 돌린다

아이야
내 눈이 네 눈을 본다는 건
참 부끄러운 일이다.

홀로 섬

그
작은
섬하나
바다속에
잠길까말까
천년을견딘다
파도가기어올라
입마춤을할때에도
바람이안고쐬돌아도
섬은외롭고쓸쓸만하다.

갈증의 시대

안데스산맥에서 뒹굴던 바람이
태평양을 건너 수리산에 당도한
오월 중순 쯤
시퍼런 숲이 출렁출렁 파도타기한다

산이 산 맘대로 넋을 빼앗아 가는데
코로나19가 힐끔거리는 도심의 거리는
온통 입을 다문 사람들뿐이다
반나절에 다 펴지 못한 허리를 추스르며
봄은 봄인데 겨울보다 더 춥고 외롭다.

바람 좋은 날

꽃들이 불꽃같다
맨몸으로 달려드는 봄바람
다리를 걸어붙이는 떼 나비
가지를 껴안고 춤추는 산새들
주둥이를 내밀고 휘파람을 분다
계곡물 허연 허벅지가 참 싱그럽다.

겨울 타기

첫눈 내리는 밤입니다
몸살기가 새록새록 돋습니다
하염이 하염없이 싸돌아다니는
밤
내내

포르락
포르락
깃 내리듯
싸락눈이 내리고 있습니다.

자연과의 산책

— 문우 채찬석 작가 농막에서

낯선 새벽 첫 마실 길에
할미새 한 마리 쫄래쫄래 따라 온다
남색 날개를 뒷짐으로 포개어지고
잰 걸음으로 쫓아오다가 휙 날아가 버린다
토종 기름기 자르르 흐르는 골목들
길목을 껴안고 앉은 석축들 틈틈이 샘물이듯 고인 봄
꽃 옆에 돌, 돌 곁에 나무, 초록에 다홍
비탈에 숲
맹견 짖음 두어 마디 컹컹이다가 뚝 그치는 낮은 언덕
그 집 앞 쯤
어진이 어깨이듯 나지막이 둘러앉은 야산 품 안에
잠 깨는 여인의 하품 같은 호수
아침을 씻어주는 물면에 매끄럽게 흐르는 산들바람들
걷는지 쉬는지 말없는 산책길
친구들은 여태 미성에 빠져 코골이하게 그냥 두고
새파란 자연과 앞서거니 뒤서거니
동트는 아침 마실 한 바퀴 돈다.

일체유심조

하늘은
마음으로 보아라

큰 하늘은
마음을 열어라

더 큰 하늘은
마음을 비워라

마음먹기는
그 다음에 하라.

오늘은 비

톡 톡 떨어지든
쏴 쏴 쏟아지든 비는 비다
오다 그치던
그치다 오던 비는 비다
오늘 하루는 종일토록 비다.

다시 삶을 묻다

말복 날
떠돌이 암캐가 혀를 빼문 채 골목 끝에 꿇어 앉아
낯선 나를 빤히 노려보다가
눈이 마주치자 급하게 고개를 돌린다
삼복이 비운 도시의 뒷골목을 어슬렁이는 늙은이
꼬라지가 이상한 모양이다

나도 애국자가 될 수도 있었다 이 놈아!

불타는 햇볕 아래
생명을 지켜내는 한 포기 들풀의 생명도 의미는 있다
사람으로 살아보지 않는 사람은 사람으로 산다는 게
얼마나 어려운지 모른다 작아져 보지 아니한 사람이
작아진다는 건 쉬운 일이 아니다

실익 없이 깊은 생각에 빠져 싯뻘겋게 뛰는 심장을 꺼내
오래 머무는 큰 나무 밑 푸른 그늘에 누이고
천하가 축 늘어지게 낮잠 한숨 간청을 해볼까 한다.

마음의 창

활짝 열어두면
천하가 내 집.

계절의 길목

낙엽 진다
가을 나가는 길목에 겨울 든다
길섶에 빈 소주병 하나가 누워 있다
참 쓸쓸한 자리다

날마다 작아지는 것들 안쓰러워진다
그냥 그대로 가고 말 생명들
삶을 사랑한 자가 회한도 한다.

삶

그러나, 다 살았다 하기는 싫다
오래 살아왔지만, 이제 그만두자 하는 건
아니다.

무소유

산다는 건
얻는 것이 아니고 버리는 것

다 버리고
사라지는 것.

도심 속 한 컷

고추잠자리
한 쌍이
맴돌이로 날고 있다
하늘이 새빨개진다

석양빛이
흘러넘치는 단풍나무
한
그루가
그 집
앞
공영주차장을 지키고 있다.

눈이 내리네

1
눈은
그리움입니다
멀리서 오는 소식입니다

반갑고 기뻐서
온몸으로
휘날리는 환희입니다

오랜
기다림이
한풀이하는
사랑들의 포옹입니다.

2
뽀도독
뽀도독
가슴에 밟히는 소리

발을 들고
새처럼 날개로 걷습니다.

3
살아서
행복한 날
한 송이 눈인들
어느 해 어느 날
다시 또 보겠느냐
눈 오는 겨울 한철엔
외롭고 그리운 사연들에
하얘지는 머리카락 쓰다듬어
탄생의 처음처럼 해맑아 봅니다.

깃털이듯

인간은 행려자다 짐이 단출해야 편타
인생살이
가벼움만 한 게 더 있겠느냐.

꽃 지는 오월 밤

달빛이 도어락에 찰랑찰랑 하네요
밤 마실 나가자고 재촉하네요

꽃 지는 아카시아
살갑게 어르어 달래주자 하네요.

세심洗心

마음을 꺼내놓고 더는 더럽히지 않겠다고
침 발라 닦는다

흙 한 뼘 밟는 것도
밥 한 끼 먹는 것도 송구치 아니하게
찌든 양심을 맑은 바람에 헹구어 씻는다.

꽃의 유훈

꽃은 색이다
색은 유혹이다
색을 탐하지 마라

흔들릴 때마다
색맹이 되어라.

버킷리스트

나는 사라지고 있다
조금씩 아픔을 느끼게 하면서
때때로 돌아보게 하면서 한 번씩 두드려 주면서
가끔씩 희망을 꿈꾸게 하면서 지워지고 있다
너는 사라져야 한다 그것이 네가 가는 길이다
나는 하고 싶은 것이, 하지 못한 것이 너무 많다
오래 살았지만 산뜻이 살지 못 했기 때문이다
몸도 마음도 더는 두려워하지 않는다
무슨 꿈을 꾸던 어떤 모험에 함몰하던 드디어
사양하지 않을 나이가 되었다
이제 절대로 세상의 아첨에 영합할 수는 없다
딱 한 번
그대 앞에 몸을 구부려 사랑한다 말해야겠다.

멸치 똥 따기

아내와 마주 앉아 멸치를 다듬는다
대가리를 떼 내면서
골치 아프지 않아서 좋겠다
내장을 발라내면서 속앓이 안 해도 되겠다
꼬리를 잘라내면서 세상 흔들 일없어 편하겠다
기법 없이 해체시키는 손놀림에
할복 당하는 몸짓들이 실험용 시신 같다

간간한 물비늘 냄새에 마취되는
어느 맑은 오후
권태의 염증을 다듬어가며 조금씩 졸립다.

생명앓이

가을 비
깨금발로 세상 끝에서 온다
지금이
자정을 너머 가는 시간
알약 같은 적막들이 베갯잇에 구른다

네 귀엔 들리지 않느냐
바람 앓는 소리가.

몇 개의 그림이 지나가는

겨울 풍경 —
철길에 내리는 눈이
떠나는 기차에 올라타려고
백발을 휘날리며 쫓아가고 있다

봄 풍경 —
한길 옆 공영주차장 높은 줄 빨래가
옛날 옛적 초등학교 운동회하는 날
하늘 높이 팔락이던 만국기 같다

여름 풍경 —
젖은 바람이 문 앞에서 홀랑 홀랑 벗는다
삼복이 큰 숲을 껴안고 씨름 한 판 벌린다
알몸도 서너 번 헹궈야 땡글땡글해진다

가을 풍경 —
어디 갔을까 구름 한가운데 뻥 뚫어두고
석양 너울이는 서산마루 늘어진 비탈이
홍단풍 두어 개 물고 실룩이는 와불 같다.

나만의 뇌

나는 늘 나만을 생각한다
나는 가끔 어슬렁인다
나는 내 삶에만 순교자가 되고자 한다
나는 속을 뱉기만 하지 삼킬 줄 모른다
나는 때때로 이 세상 사람이 아니기도 한다.

마음은 새처럼

가을 강가에 앉은
몽롱한 한때

한들한들
바람이 부는 방향으로
마음 혼자
팔랑 팔랑 새되어 날아간다.

이런 시

시는
자밤자밤 여시는 여명의 등촉이다
걸음 없이 오시는 풍경의 창문이다
고요를 깨워내는 바람의 기척이다
선잠깨 찰랑이는 동정의 샘물이다
탯줄을 떼어내는 아기의 배꼽이다
미풍에 방실이는 선홍색 미소이다
통속을 박살내는 샛빨간 추상이다
육신을 저버리는 영혼의 인간이다.

시조 3수

벚꽃 핀 십리 길이 하늘을 가리더니
순간에 지는 꽃이 눈처럼 내리기에
빈 마음 둘 데가 없어 굽은 길 어정이네

한 밤 중 회오리가 마른 땅을 휘돌더니
지상의 먼지들이 두루뭉수리 뭉쳐졌어
천상에 보름달 되어 두둥실 떠다니네

잠이 올라 하기에 눈 코 입을 만져본다
늙어가는 가죽들을 살갑게 쓰다듬어
혹시나 못 깨어날까 내일 이별 미리 하네.

빈 것은 채우고 싶다

백자 항아리 빈 속이 궁금하다
들여다 볼 수 없는 내 속 같다

공복을 깨는 호기심을 저버릴 순 없다
먼지 쌓인 세월이
푸득이며 날아 나오는 날쌘 소리다
빈 것은 채우고 싶다

다만 궁금이 풀리지 않을 뿐이다.

껍데기는 살아있다

소라는 죽어서도 소리로 산다
밤에는
별들의 집으로
낮에는 햇빛의 그늘로
이따금
방게들의 이삿짐을 옮겨주기도 하고
비 내리는 날엔
흘러간 노래를 바다대신 불러준다

몽돌들이 궁굴리는 갯가에 드러누워
껍데기만 남은
빈
몸으로
파도 소리를 낸다.

그놈에게

허
그놈
참!

떼 또는 무리

한 마리 두 마리 세 마리 넷 다섯 여섯 일곱 여덟
아홉 열…

참 많다
백 천 만
더 셀 필요가 있겠는가.

아름다운 생명

뱁새 한 마리
온 하늘을
품고 난다

생명이란
저 마다의 세계를
저 마다 건너는 것이다.

도시의 고향이 아프다

도시의 고향은 흙이었고 숲이었다
나무들의 숲을 빌딩의 숲으로 바꿔 갔다
자연은 나날이 가냘퍼지고 사람은 더 뚱뚱해졌다
코로나19가 범람하는 지상 한쪽에 쭈그리고 앉은
우리들의 고향 그들이 아프단다.

걸어 다니는 풍경

봄이 자라고 있다
짱백이에 내리는 햇살이 제법 실하다
길가 풀섶이 파릇파릇 물들며 민들레 키재기도
두어 매디 자랐다
일어나는 시간이 조금씩 빨라지면서 이른 아침을
산책 길 나선다

가벼운 발목에 봄기운이 실린다
풋내를 풍기면서 곁을 스치는 젊은 냄새가 좋다
청춘이란 싱그러움이다 내게도 저런 때 있었나 싶다
기역자 코너에서 빠듯하게 빠지는 빨강색 승용차 차창
너머 나오는 나나무스꾸리의 미성이 감미롭다
길목이 환하게 넓어지면서 세상을 향하는 하루가 멋지다
마냥 머무르고 싶은 시간에 톡톡 연달아 카톡이 온다
서둘 이유는 없다
내게 주어지는 잠시의 여유가 흥건한 자유를 누린다

새파란 햇살이 엇비슷 비치는 찻길 가운데 차 문 열고

경쾌한 목소리의 후배

'형님 저녁에 한 잔 합시다.'

'아하 출근하시네.'

그러거나 말거나 양 팔 벌리고 춤추듯 걷는다.

봄볕 아래 무슨 일이

햇살이
귀를 대고
엿듣는
흙 속에
새싹들의 동면이
들릴락
말락
깨어나고 있다.

오케이

쾌식
쾌면
쾌변
쾌성
쾌활
인생 별거 있남유
五快면 오케이지.

겨울 산정에서

내 등산화 바닥이 정상에 닿는 순간
일백육십칠 센티미터
더 커지는 산

때맞춰 폭설이 내린다
쑥 쑥 쑥
죽순처럼 자라 오르는 해발
인간의 발 떼가 가차 없이 지워진다

사람은
생각하는 동물이다
발가락 사색으로 길을 찾는다
휘어지는 허리
더는 굽실거릴 나이가 아님을 알게 한다

나는 무신론자가 아니므로
산에서는 산이
불가역의 신이다.

그림그리기

여태
한번도
보지 못한
색 쓰기로
세상의 눈을
멀뚱하게 해야겠다.

코로나를 탄하다

안방에서 거실로 부엌에서 서재로
핸드폰에 컴퓨터로 티비에서 커피로
어제도
그제도
오늘도 그랬다
아마 내일도 그럴 것이다
무위로 버티는 세월이 너무 가엾다.

오래된 여행

홀로 하는 여행은 움직이는 감옥살이다
가슴이 아리면 생각도 제정신이 아니다
그때 이곳에서 처음 만난 사람이 있었지
나는 다시 누구를 사랑할 수 있을까
더는 잴 수 없는 세월의 무게를 들어내면서
애틋한 추억들이 오래된 여행을 하게 한다
내 인생 산다고 산다고 고생만 시켜도 될까.

햇감자를 먹으며

햇감자를 먹으며 유년을 생각한다
보릿고개 가난까지는 들추지 않겠다

우리가 살아 낸 지독한 봄 날
목숨을 구해주던 주먹만 한 먹거리들
지금은 가난 때문이 아니다.

숲에서

나도
나무로 태어났으면 천 년을 살았으리
만고풍상을 맨몸으로 받아내며
한 그루 우뚝한 고목이 되었으리
매정한 세상 눈치 안보고
하늘로 쭈욱 뻗은 가지에 잎 달고 꽃 피어
화려한 숲으로 살았으리
안달복달 부귀영화 기웃거리게 하지 말고
넓고 푸르게
오직 나무라는 이름으로
더 넓은 대지에 늠름한 한 그루로 살았으리.

씨앗

말에 씨가 있더라

그 한 톨이
사랑을 꽃피게 하더라.

월세 받기

토기 하나 골목에 누웠기에 집에 데리고 왔지
목욕 시키고 이빨도 닦아주고 속 까지 서너 번 헹구었어
거실에 모셔 두고 어쩌나 하다가
칸나 한 포기 심어 사글세를 놓기로 했어

복토하고 물도 주고 창가에 앉혀
덤으로 봄볕까지 쬐이게 했어
어느 날 밤 몰래 밤톨만한 봉오리를 맺더니
빨간 칸나꽃 피었어
그 동안 밀린 월세를 보태느라 꽃향 까지 풍풍
참 쏠쏠한 수입이 생겼어.

소나기

소나기 한 줄금
따따따따따

무시로 총알에 파닥이는 비말
청대 같은 줄기 끝에
만발하는 바람꽃.

동틀 무렵

살금살금 깨금발로 들어서는 여명이
잠자리 날개 같다

유리창이 실눈 뜨고 엿보는 줄 모르고
사뿐사뿐 날아서
잠든 아내의 속눈썹을 간질이고 있다.

쭈욱 기지개를 켜면서 단잠을 깨우는 새벽
지상의 하루가 두런두런 한다.

오월

햇살이
쏟아지고 있다

오월이
장밋빛에 환장하고 있다.

폭포 곁에서

물은 떨어지는데
소리는 공중으로 솟는다

시퍼렇게 벗은 알몸의 강이
대가리 처박으며 아우성친다

아따 뭐 그리 부끄럽소
세상 한번 시원하지 않소.

바람의 여백

밤새 불던 바람 어디 가고
빈 하늘만 덩그러니 남았네
단풍지는 가을 산 짱백이
대머리로 변해가는 동안
쓸쓸해지는 마음 빈 터 넓혀지고
하룻밤 사이에 겨울이 왔네

지나갔거나 비워진 자리
여백이 들어 앉네
존재는 자신이 머물던 곳에 흔적을 두지만
흔적조차도 밤바람처럼 사라져 가고
여백만 남네.

몇 개의 그림이 지나가는

ⓒ2020 박현태

초판인쇄 _ 2020년 10월 8일

초판발행 _ 2020년 10월 14일

지은이 _ 박현태

발행인 _ 홍순창

발행처 _ 토담미디어

서울 종로구 돈화문로 94(와룡동) 동원빌딩 302호

전화 02-2271-3335

팩스 0505-365-7845

출판등록 제2-3835호(2003년 8월 23일)

홈페이지 www.todammedia.com

편집미술 _ 김연숙

ISBN 979—11—6249—091—4